सुधीर बहरानी

Invincible Publishers

First published in India in 2018

©2018 Sudhir Behrani , All Rights Reserved

ISBN: 978-93-88333-18-4

No part of this publication may be reproduced or stored in a retrieval system, or transmitted in any form or by any means, electronic, mechanical, photocopying, recording or otherwise, without the prior permission of the publishers.

Invincible Publishers

G-120, Sushant Lok III, Sector 57, Gurgaon-122002

Registered Address: Opposite Kasturba Ashram, Radaur, Haryana–135133

Printed at Thomson Press (India) LTD

जब भी हम कोई नया कार्य आरम्भ करते हैं तो उसके विकास के लिये हमें कोई प्रेरित करने वाला होता है।

ईश्वर के आशीर्वाद से मुझे माता–पिता, मेरी दीदी,

मेरी पत्नी रेखा उनके माता–पिता व मेरे बच्चों प्राची, ऋषभ, मेरी बहन ऋतु एवं मित्रों ने इस संग्रह को पुस्तक रूप में लाने को प्रेरित किया।

मेरा मानना है कि

ज़िन्दगी में कोई काम ऐसा कर जाएं जो लिखने योग्य हो या कुछ ऐसा लिख जाएं जो पढ़ने योग्य हो

दिमाग से उपजे शब्द दिमाग को छू सकते हैं और दिल से निकले शब्द दिल को।

उम्मीद है आपके दिल को छू जाएँगे

ये शब्द.... एहसास

इस जगत को यह मेरी पहली भेंट है, स्नेह, अमूल्य सुझावों के सहयोग और मार्गदर्शन की कामना में

– सुधीर बहरानी

मैं जा रहा हूँ अब लौट के ना आऊँगा,
कई बार मुड़ के देखा उसने पूछा ही नहीं क्यों ?

कतरा

दिल पर हाथ रख कर पूछो कसूर किसका है,
दिमाग पर जोर डालकर न गिनो गलतियाँ मेरी

मेरे पास आओ न और गले लगाकर कहो,

ख़ुश तो मैं भी नहीं तुम्हारे बिना

मेरी मोहब्बत के दो गवाह थे,
एक वक़्त और एक सनम,
एक गुज़र गया दूसरा मुकर गया

उम्र भर जीने की तमन्ना थी तुमको बहार समझ कर,
समझ जो आई तो समझा,
मौसम बदल जाते है और तमन्ना पूरी नहीं होती

तुझे ओढ़ू या तेरा लिबास हो जाऊँ,
तेरे रंग में ढलकर तेरा अहसास हो जाऊँ

तुमको बता दूँ मन की सारी बातें या
तुम खुद ही जान लोगे ?

कतरा

इश्क में डाल कर हर सांस पर मौत
लिखना क्यों जरुरी था?
क़त्ल का इरादा था तो सीधा जान ले लेते

कतरा

कभी हज़ारों शब्द कुछ बोल नहीं पाते
और कभी खामोशियाँ बहुत कुछ कह जाती हैं

तेरे होने का अहसास ये जुगनू भी कराते हैं
हर बार रोशनी दिखा कर अँधेरे में ले जाते हैं

तुमने जब पूछा क्या पसंद है मुझे?
मैं बस देखता रहा

तुम्हें

मुझे सज़ा में कुछ भी मंजूर था
पर तुमसे बिछड़ना, ये कब माँगा मैंने ?

अच्छा कर्म करना है ज़िंदगी अगर,
तो बुराई का रास्ता इतना आसान क्यों है ?

जीना है मरने के लिए अगर,
तो जीना एक वरदान क्यों है ?

आँखों में आंसू फिर भी
होंठो पर मुस्कान क्यों है ?

क्यों दोहरी ज़िंदगी जीते हैं हम ?
आखिर हर कोई परेशान क्यों है ?

गुलशन है अगर सफ़र ज़िंदगी का,
तो फिर इसकी मंज़िल शमशान क्यों है ?

जब जुदाई ही है प्यार का मतलब
तो फिर प्यार करने वाला परेशान क्यों है ?

कभी न मिलेगा जो उससे ही लग जाता है दिल,
आखिर ये दिल इतना नादान क्यों है ?

भूले तुमको किस तरह, क्या ये इतना आसान है ?
दिल के हज़ार टुकड़े और हर टुकड़े पर तेरा नाम है

कतरा

17

ना किसी के जाने का डर,
ना किसी के वापिस आने का उम्मीद,
अकेले रहने का ये अलग सुकून है

मेरी मोहब्बत तुझसे सिर्फ
लफ्ज़ों की नहीं है
तेरी रूह से रूह का रिश्ता है मेरा

तुझे पाने की तमन्ना में बता कहाँ कहाँ

माँगू,

कि तू मिल भी जाए और फिर कभी वापिस ना जाये

मेरे पास तुम्हारे लिए

वो शब्द ही नहीं

जिनमें मैं कह सकूँ

तुम ही ज़िंदगी हो

कैसी अजीब मोहब्बत है तुम्हारी,
समझते और बताते तो अपना हो,
मगर सलूक गैरों सा करते हो

अच्छा हुआ जो तूने मुझे तोड़कर रख दिया,
घमंड भी तो बहुत था हमें तेरे होने का

तेरी ख्वाहिश, तुझसे वादा,
तेरे बिना जीने का नहीं है इरादा

मैंने चुप रहकर भी कह दिया
और तुमने सुनकर भी ना समझा इस
मोहब्बत को

हुनर की कमी नहीं है देश में
कोई रूठों को मनाने का हुनर रखता है
तो कोई रूठ जाने का

दोस्त कुछ ऐसा लिख जिसे पढ़कर वो
रोए भी ना और रातभर सोए भी ना

जब तेरे लम्हें ना गुज़रे मुझ बिन,
तो जान लेना किसी ने इस कदर चाहा था
इस नफरत भरे जहान में

मुसीबतों और दुखों का अगर
करना हो खात्मा,

तो हर हाल मे कहो कि तेरा
शुक्र है परमात्मा

कुछ लोगों के साथ खून का रिश्ता नहीं
होता लेकिन,
उनसे अपनों वाली खुशबू आती है

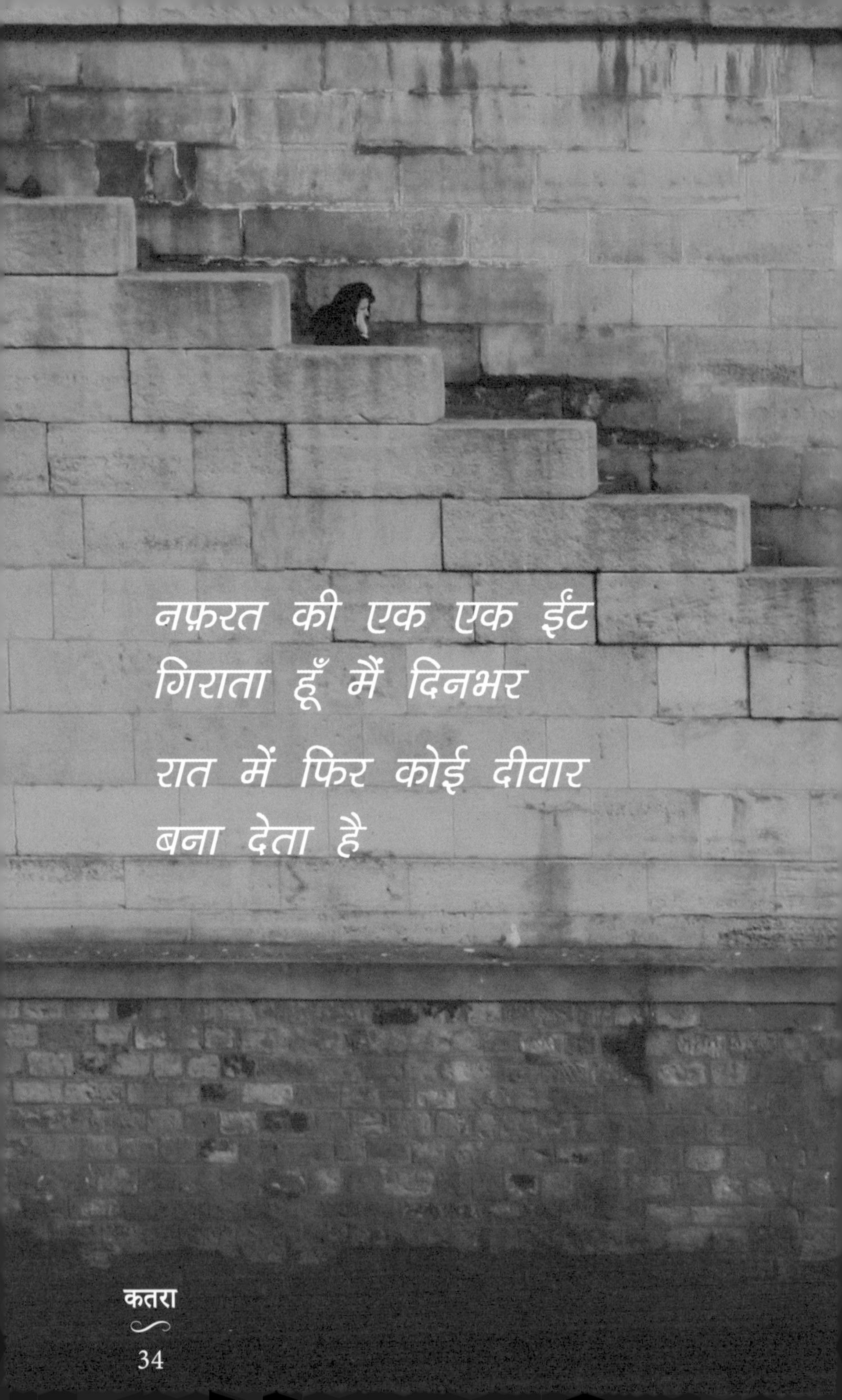

नफ़रत की एक एक ईंट
गिराता हूँ मैं दिनभर
रात में फिर कोई दीवार
बना देता है

मुझे लगा मेरी खामोशियाँ
समझ रहे हो

मगर हो बेखबर तुम बरसों से

अपने बच्चों को रोता छोड़कर,
मालकिन के बच्चों को रोज़
खिलाने जाती है माँ

आज मेरा दिल बहुत उदास है

लगता है किसी ने पक्का

इरादा किया है

मुझे भूल जाने का

चाहे लड़ लो चाहे कर लो झगड़े हज़ार
पर एक बात कहूँ

तुम मेरे हो

मीठी बातें, चांदनी रात,
सुन्दर झरने
मैं नशे में हूँ या हर जगह
तुम हो

प्यार भीख है शायद
बड़ी मुश्किल से मिलता है

ला तेरे पैरों में मरहम लगा दूँ
मेरे दिल को ठोकर मारने से तुझे चोट
तो आई होगी

कौंन इस दिल की देखभाल करेगा
रोज़ रोज़ थोड़ा थोड़ा सा टूटता जाता है

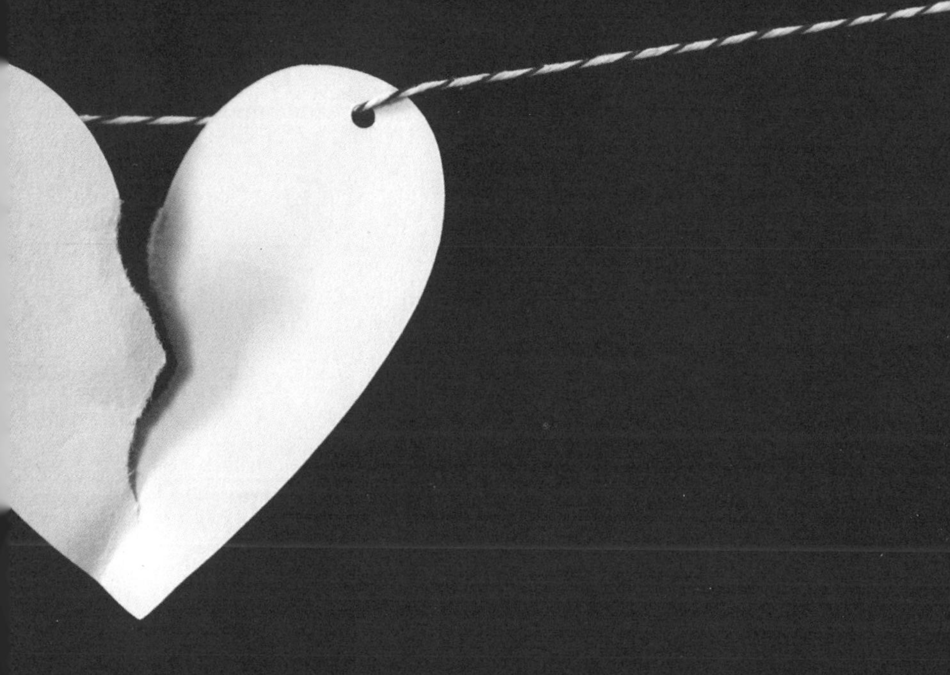

हमारे हाथ की लकीरें तो मिलती हैं
पर नहीं मिलता सितारा कोई

जिन चार शब्दों ने हमारा जीवन
बर्बाद कर दिया है वह है

मैं-मेरा-तू-तेरा

भूख से मैंने कहा चल तुझे
सुनाऊँ ग़ज़ल
भूख बोली मेरे आका मुझे
रोटी दे दो

गीता मै पढ़ा था शरीर मर जाता है परन्तु
आत्मा जीवित रहती है लेकिन आज के
समय में देख रहा हूँ शरीर तो जीवित है
परन्तु आत्मायें मर चुकी है

एक शख्स पाबंद कर गया मुझे लम्हों की कैद में
आँखों में अपनी यादों के पहरे बिठा गया

कुछ लोग खाने के इतने
शौक़ीन होते हैं कि
वो दूसरों की खुशियाँ भी
खा जाते हैं

दोपहर तक बिक गया बाज़ार का
हर एक **झूठ**
और मैं **सच** लेकर शाम तक
बैठा रहा

बड़ी पसंद थी उनको मेरी
मुस्कुराहट
जब वो गए तो साथ ही ले
गए...

दोस्त कुछ नए ज़ख्म
चाहिए फिर से,

हाँ अब मेरी शायरी मे वो
बात नहीं रही

पता था मुझे भी कि लोग बदल
जाते हैं
पर मैंने तुम्हें उनमें कभी गिना
ही नहीं

जिंदगी इकरार और इनकार की कशमकश
में बीत गई

हाँ सुनने को हम तरस गए **ना** उन्होंने
की ही नहीं

अपनी तकदीर में तो
कुछ ऐसा ही लिखा है
किसी ने वक़्त गुज़ारने को
अपना बनाया तो
किसी ने अपना बना कर
वक़्त गुज़ार लिया

व्यवहारिक नहीं अब दुनिया
व्यवसायिक है
सम्बन्ध उनसे ही मधुर है
जिनसे मुनाफ़ा अधिक है

बड़े प्यार से पराया कर देते हैं वो लोग
जो प्यार से भी प्यारे होते हैं

भरोसा जितना कीमती होता है
धोखा उतना ही महंगा हो जाता है

आखरी पन्ने पे बोलो क्या लिखूं
तुम यहाँ तक तो साथ आये ही नहीं

दुख की बात ये है कि वक्त बहुत कम है
ख़ुशी की बात ये है कि अभी भी वक्त है

इस धरा का इस धरा पर
सब धरा रह जायेगा

मांग तो सकता हूँ खुदा बहुत कुछ
तुझसे, पर बस वही शख्स चाहिए
जिसके साथ रूह का रिश्ता है

है रूह को समझना भी जरुरी
महज़ हाथों को थामना साथ
नहीं होता

गुमराह कर जाते है कुछ लोग
इस्तेमाल करके
वरना प्यार का दूसरा नाम
भगवान है

काश तुम समझ पाते

इस काश में तुम्हारे सिवा कोई
और नहीं

तुम्हारे तो सब हैं इस ज़माने में
और

मेरा तुम्हारे सिवा कोई और नहीं

वक्त बदलने का इंतज़ार कर
रहा हूँ
तुम समझ रहे हो ना मतलब
सिर्फ तुमसे है

खुद को बहुत संभालकर चलना ए दोस्त
जगह जगह पर गिरी पड़ी है लोगों की सोच

आज भी हर समस्या का हल माफ़ी ही है
कर दो या मांग लो

चंद लम्हों की ज़िंदगी और
नखरे मौत से भी ज्यादा

तकिये के नीचे दबा कर
रख दिए तुम्हारे ख़त,
मेरा इश्क़, तुम्हारा ख्याल,
बहुत सारे साल...

मैं कोशिश में हूँ कि दिल मासूम ही
रहे और
तुम इसे समझदारी सिखा रहे हो

दोस्त एक दौर में मैं इतना भूखा था
कुछ न मिला तो धोखा ही खा गया

भूख सारी मर्यादाएँ तोड़ देती है
और पैसा सारी इंसानियत

कौन से कपड़े पहनूँ जिससे मैं अच्छा लगूँ
ये हम रोज़ सोचते हैं पर कौन सा कर्म करूँ
जिससे भगवान् को भी अच्छा लगूँ
ये कभी नहीं सोचते

पैसा मानव इतिहास की सबसे ख़राब
खोज है
लेकिन मनुष्य के चरित्र को परखने की
सबसे विश्वसनीय सामग्री है

मेरी मोहब्बत चाँद की चांदनी
और
तेरी यादें बंदूक की गोली

वो पास थे मेरे वो जिंदगी के
कुछ दिन
वो साथ थे मेरे वो जिंदगी थी
कुछ दिन

प्यार में मैं एक जुर्म कर गया
वफ़ा करके वफ़ा की उम्मीद कर गया

आजकल रिश्वतों का ज़माना है
तुम भी कुछ ले देकर मेरे क्यों नहीं हो जाते

हम दिल से हैं तुम्हारे ये कह भी नहीं सकते
और तुमसे जुदा होकर रह भी नहीं सकते

किसकी समझूँ कीमत ऐ खुदा तेरे
इस जहान में,
तू मिट्टी से इंसान बनाता है और
इंसान मिट्टी से तुझे

एक ज़रा सी बात पर बरसों के
याराने गए
लो अच्छा हुआ जो कुछ लोग
पहचाने गए
वो छा गए है कोहरे की तरह मेरे
चारों तरफ
न कोई दूसरा दिखता है न देखना
चाहता हूँ

इस दुनिया का दस्तूर है हर कोई आम
से खास हो जाता है
और फिर ख़ास से ख़ाक

समस्या ये नहीं कि सच बोलने
वाले कम हो रहे हैं
सिर्फ मर्ज़ी का सच सुनने वालों
की तादाद बढ़ रही हैं

साँसे घट रही हैं
अनुभव जुड़ रहे हैं
हम लगाते रहते हैं 'गुणा–भाग'
जबकि अंतिम सत्य 'शून्य' हैं

गुज़री तमाम उम्र उस शहर में जहाँ

वाक़िफ़ सभी थे पहचानता कोई न था

एक गफ़लत सी बनी रहने दो
हर रिश्ते में
किसी को इतना न जानो कि
जुदा ही हो जाए

सृष्टि में केवल एक ही
चीज़ है
जो पूर्णतया शुद्ध या अशुद्ध
होती है
और वो है सोच

सोचता हूँ कि अब ना सोचूँ
कुछ भी

ये एक लम्बा सफ़र है

इंसान और इंसानियत के बीच

हमें रोज़ एक कदम बढ़ाना है यह दूरी कम करने के लिए

देख लो वो सब मीठे ख्वाब
आँखों का पानी खारा ही
मिलेगा

बेबसी और बेकसी का किस्सा भी
अजीब है
कोई बासी होने पर रोटी नहीं खाता
किसी को बासी होने तक रोटी नहीं
मिलती

एक रूह ने जाते हुए ज़िस्म से ये कहा –
ले देख ले अब तेरी औकात क्या रह गयी

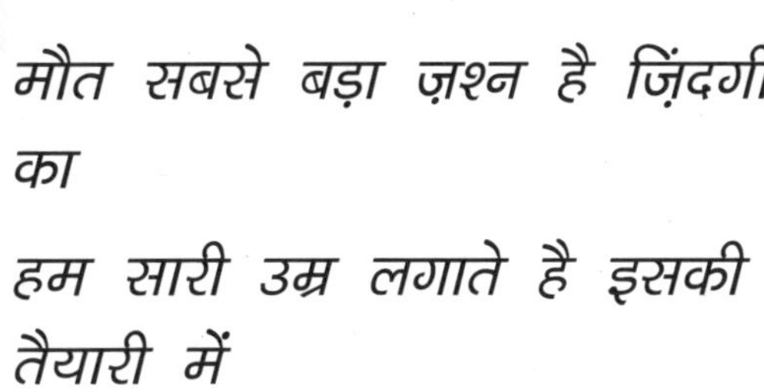

मौत सबसे बड़ा ज़श्न है ज़िंदगी का
हम सारी उम्र लगाते है इसकी तैयारी में

मैं सोचा करता हूँ अक्सर
जाने कितना **प्यार**
लगा होगा इतनी
नफरत क लिए

क्यों हो रहा हैं रिश्तों का कुछ
इस तरह विस्तार
जितना जिससे मतलब उतना
उससे प्यार

सौ सौ अहसास छुपे हैं मेरे एक एक लफ्ज़ में,
देखना ये हैं कि आप कितना समझ पाते है

किसी को कम न आंकिये दोस्त–
देखिये कुछ लम्हों ने मिलकर मिनट बदल दिए
मिनटों ने घंटे और घंटो ने दिन और इन दिनों
को देखिए इन्होंने मिलकर साल बदल दिया

क्यों मिलना इतना कठिन है क्या ?

लो तुम खुद ग़ज़ल हो और
हमसे
शायरी करने को बोल रहे हो

गर्म कपड़े के भरे सारे बैग
खोल लिए
प्यार से बुना कोई स्वेटर
नहीं मिला

दिमाग को खूब पढ़ाना मगर
दिल को अनपढ़ ही रखना

मेरे किरदार से वाक़िफ़ होने
की कोशिश मत कर
उसे समझने में दिल लगेगा
और तुम दिमाग वाले हो

वो अनजान चला है जन्नत को
पाने की खातिर
बेखबर को इत्तला कर दो कि
माँ–बाप घर पर ही हैं

पैसे से अमीर आदमी मैंने
बहुत देखे है
लेकिन ज़मीर से अमीर कम

इंसान हर घर में पैदा होते हैं
और इंसानियत कहीं कहीं

रूह का सुकून है इश्क
शर्त है सही इंसान से हो

शब्दों में बसे हो तुम या
तुम मे बसे हैं शब्द

पढ़ो न पढ़ो कोई बात नहीं बस
ज़रा देर को थाम लेना
अपनी उँगलियाँ मुझपे थाप देना
एक किताब हूँ मैं धूल ओढ़े हुए
और आपने वादा किया है वो
किताब सारी दुनिया को दिखाने का

कितने बरसों का सफ़र ख़ाक हुआ

मिलने पर जब वो बोले

कहो कैसे आना हुआ ?

दिल धोखे में है और दिल में
धोखेबाज़

मैंने वो खोया जो मेरा था ही
नहीं और
तूने वो खोया जो सिर्फ तेरा
था

तुमने समझना न चाहा और न
समझा
हम चाहते थे बस एक शख़्स
केवल 'तुम'

जब तुम मुझे नहीं समझे तब मैंने
खुद को कैसे समझाया
ये तुम नहीं समझोगे

दर्द को भी आधार से जोड़ दो ना
साहेब
जिन्हें एक बार मिल गया उन्हें दोबारा
न मिले

जिंदगी में एक बात तो तय है कि
तय कुछ भी नहीं है

भरोसे की आदत तो देखिये
इतना टूटने के बाद भी नहीं
बदलता

बचपन के मेले में कुछ मुखौटे टंगे थे
बड़ा हुआ तो देखा लोगों पे चढ़े थे

सुंदरता सस्ती है,चरित्र महंगा है
घड़ी सस्ती है, समय महंगा है
शरीर सस्ता है, जीवन महंगा है
हँसी सस्ती है, खुशी महंगी है
रिश्ता सस्ता है,निभाना महंगा है
इंसान सस्ता है, इंसानियत महंगी है
कलम सस्ती है, शब्द महंगा है
लफ्ज़ सस्ते है, एहसास महंगे है
रोटी सस्ती है, भूख महंगी है
मज़दूरी सस्ती है, पसीना महंगा है
झूठ सस्ता है, सच्चाई महंगी है
खोना सस्ता है, पाना महंगा है
घृणा सस्ती है, क्षमा महंगी है
दुश्मनी सस्ती है, दोस्ती महंगी है
आकर्षण सस्ता है, सर्मपण महंगा है
धोखा सस्ता है, विश्वास महंगा है

तेरे रूठ कर जाने का खौफ
तेरे करीब आने से रोक देता है

सपने, उम्मीदें, ख्वाहिशें, जिम्मेदारियाँ,
ज़ख्म, तन्हाई
क्या हुआ जो तुम नहीं
ये सब तो मेरे साथ है

हमारे बीच बंटवारा हुआ
जज़्बात के लिए लफ्ज़ उनके और
शायरी के लिए हमारे
सारे सुख उनके और वो हमारे

जो ख्वाब दिल ही में मर
जाते हैं
उनको कैसे दफनाते हैं
बताना ज़रा

गर करना हो तुझसे बंटवारा
तो
सारे चैन तेरे और बेचैनियां
मेरी

तुमसे ज़िद करके क्या मांग लेता
खुद से ज़िद करके माँगा था तुमको

बड़ा मुश्किल काम करवाती है ये किस्मत
मुझसे–
कहती है तुम सब के हो गए माना
पर जो तुम्हारे हुए उनका नाम बताना ?

ये कलम भी क्या कमाल करती है
लिखने लगता हूँ ख़ुशी तो तेरा नाम लिखती है

वो पूछते है इश्क का क्या **फायदा** ?

मैंने भी पूछ लिया फायदे का क्या **फायदा** ?

मुझे खुश देखा तो नाराज़ होकर चले गए
ये वो लोग है जो मेरा गम बांटने आए थे

शुक्र है खुदा का हम धोखा खाने
वालो में हैं
धोखा देने वालो में नहीं

डर लगता है अब उन लोगों से
जो कहते है मेरा यकीन तो करो

तलाश में हूँ उसकी, कोशिश अब तक जारी है
खुदा मे खुद को और खुद मे खुदा को तो रोज़ देखता हूँ

ये तो अच्छा है कि दिल सिर्फ़
सोचता है
सुनता और बोलता भी होता तो
आज तुम मेरे होते

दरवाज़े पर लिखा था आज मैं दुखी हूँ
कोई भीतर मत आना

पढ़े लिखे समझदार लोग वापिस लौट गए और बाकी सब दोस्त भीतर चले गए

जिसे दिल पर रखकर लोग एक दूसरे
को भूल जाते हैं
वो पत्थर कहाँ मिलता है बताना ज़रा

दुनिया के 75841455427
लोगों में
बस एक तुम मेरे हो

तोड़ कर जोड़ लो चाहे हर चीज़
दुनिया की
बस एक दिल–ए–एतबार न तोड़ना

न वो बोलते हैं न हम
देखा फिर भी
रोज़ाना बात कर लेते हैं

समर्पण कहीं कहीं होता है
और आकर्षण कहीं भी

हम मौका देते हैं तो लोग धोखा

जो लोग कहीं के नहीं रहते
कोई बताएगा वो कहाँ रहते हैं ?

अल्फाज़ से ज्यादा खामोशी को
समझने वाला कोई मिलेगा क्या?

एक छोटा सा बच्चा अपने दोनो हाथो में
एक एक एप्पल लेकर खड़ा था,
उसके पापा ने मुस्कुराते हुए कहा कि बेटा एक
एप्पल मुझे दे दो
इतना सुनते ही उस बच्चे ने एक एप्पल को
दांतों से कुत्तर लिया
उसे पापा कुछ बोल पाते उसके पहले ही उसने
दूसरे एप्पल को भी दांतो से कुत्तर लिया
अपने छोटे से बेटे की इस हरकत को देख कर
बाप ठगा सा रह गया और उसके चेहरे पर
मुस्कान गायब हो गई तभी उसके बेटे ने अपने
नन्हें हाथ आगे की ओर बढ़ाते हुए पापा को
कहाः– पापा ये लो, ये वाला ज्यादा मीठा है
शायद हम कभी कभी पूरी बात जाने बिना
निष्कर्ष पर पहुंच जाते है ....
किसी ने क्या खूब लिखा – नज़र का ऑपरेशन
तो संभव है पर नज़रिए का नहीं

मैं कैसा लगता हूँ और मै कैसा हूँ
बस इस अन्तर को खत्म करना है

तुझे खुश करने के लिए अब दो दिल रख लूँ क्या ?
एक तेरे खेलने के लिए और एक तेरे तोड़ने के लिए

मैंने तो रख दिए तेरे लिए अपने सारे सामान अपने सारे अरमान
पर तुझे चाहिए वो ही मैदे की बनी "मैगी"

दिल की सुनूँ या नहीं
दिल की मानू या नहीं
क्योंकि अब बस मेरा अपना ये ही बचा है

हम उस शख्स को बहुत कम मिलते हैं
क्यूंकि हद से बढ़ जाए ताल्लुकात तो
गम मिलते हैं

अनदेखे धागों में यू बाँध गया कोई
कि वो साथ भी नहीं और हम आज़ाद भी नहीं

दुनिया की रीत है मिलना फिर बिछड़ जाना
तुमसे न जाने कैसा रिश्ता है
न मिलते हो न बिछड़ते हो

खींच लाती है मुझे उसकी मोहब्बत वरना
मैं बहुत बार मिला हूँ आखिरी बार उससे

ऐ खुशी अपनी कोई तस्वीर तो भेज
कभी अचानक मिल गई तो पहचानूँगा कैसे?

न तुम याद आओ न हम याद आएँ
ऐसे बाँट लेते है अपनी अपनी सज़ाएँ

सभी ने लगाया है चेहरे पे चेहरा
किसे याद रखे किसे भूल जाएँ

ये दुनिया है दोस्त
यहाँ मिट्टी मे मिलाने को लोग कंधो पर
उठा लेते हैं

आजकल इज़हार के धंधे में घाटा
बहुत है
दिल की बात किसी से कही तो
लुट जाओगे

छोटा परंतु प्रभावशाली सत्य
जिसे चाहो उससे कुछ मत चाहो

इबादत घर छोड़कर ही नहीं होती
घर जोड़कर भी हो जाती है
इबादत भेष बदलने से नहीं होती
भाषा बदलने से भी हो जाती है
और बहुत बड़ा भंडारा लगा कर ही
नहीं होती
किसी जरूरतमंद भूखे को एक रोटी
खिलाकर भी हो जाती है

फिर दोहराई वही पुरानी गलती
याद न रहा कि तुझे याद नहीं है करना

चले थे हम उस पते पर ख़त लिए पर
देर इतनी हुई कि
अब उनका हमें ईमेल आने लगा

तुम सोच भी नहीं सकते मैं कितना सोचता हूँ तुम्हें

मकान बन जाते है कुछ हफ्तों में
ये पैसा कुछ ऐसा है और
घर टूट जाते है पलों में
ये पैसा कुछ ऐसा है

अहसास मंद हुए अक्षर चंद और

शब्द बंजर **तेरे जाने से**

सोचकर बाज़ार गया था
अपने कुछ आंसू बेचने
हर खरीदार बोला
अपनों के दिए तोहफे बेचा नहीं करते

दुआ मांगी और रोज़ा तोड़ा
तुमने मुझे तोड़ कर अब क्या दुआ मांगी

खुदा भी आए मेरे घर और
मैंने भी मांग लिया एक वो शख्स

कतरा

नसीब बन कर जब से मिले हो
हमारी आँखों पर पर्दा तुम्हारा ही है

खुदा तू इश्क न करना वरना बहुत पछ्ताएगा
हम तो तेरे पास आयेंगे तू कहाँ जायेगा

तेरे लिए तो मैंने यहाँ तक दुआएं की है कि
कोई तुझे चाहे तो बस मेरी तरह चाहे

तूने जो गमले में दवाई रखी जादुई
ये जादू कब उतरेगा गमला तो कब का
टूट गया

इश्क है अगर तो शिकायत है
और मोहब्बत है तो शिकवा होगा
नहीं करूँ तो बता ये किससे करूँ ?

मखमल पे सोने से मिलेगा क्या तुझको ?
चैन से सोना है तो दिल न दुखा किसी का

तुम सपने में आए मेरे घर तुमने ये बताया
क्या मेरी मौत का जश्न भी वहीं आकर मनाया

यार हुआ करते है यारी निभाते हैं
अब ये दस्तूर बंद किया किसने

मझे लगा रूह में तुम समाए हो
पर निकला जो लहू नाम तेरा ही लिखा गया

कतरा

काश – तुम समझ पाते – इस काश में तुम्हारे सिवा कोई और नहीं है

शिकायत तो बहुत है तुझसे पर **मुक़द्दर**
मेरा है और नाराज़गी भी खुद से ही

ये जो दवा लिखी है तुमने दर्द की इसकी वजह
सिर्फ तुम हो

दिल तोड़ कर खुश होते हो और तुम्हें खुश
देखकर मोहब्बत और बढ़ती जा रही है

दुनिया मे इतने खेल है फिर तुझे दिल का खेल पसंद क्यों ?
बहुत लोग खेलते हैं इसके साथ
क्यों न दिल का खेल राष्ट्रीय खेल घोषित कर दिया जाए

कहीं चोरी ना कर ले वो, क्या जवाब देंगे उन्हें,
जिनका हम चुरा के लाये थे

52

जब कोई रुलाए और उसी को गले लाकर
रोने का मन करे तो समझो प्यार है

अपना ख्याल रख लेना
जब भी हमारा ख्याल आए तुमको

मुझे ऑनलाइन देखते ही तेरा ऑफलाइन हो जाना
उफ़ ये तेरी डिजिटल नफ़रत

गूंगे से कहते है बहरे को पुकारो
क्या अजीब शहर है यारों

एक शर्त पर सुलह हुई है जिंदगी से
कि अब दिल के सारे काम दिमाग करेगा

हम तेरी यादों में घूम रहे हैं
और ये देखो नींद बिस्तर पर सोई है

तेरे मेरे बीच हमेशा कुछ न कुछ रहा है न,
चाहे वो प्यार हो या नफ़रत, इबादत हो, नजदीकियां
या फिर फासले

इस किताब में क्या आ पायेगा
तेरा मिलना फिर बिछड़ जाना

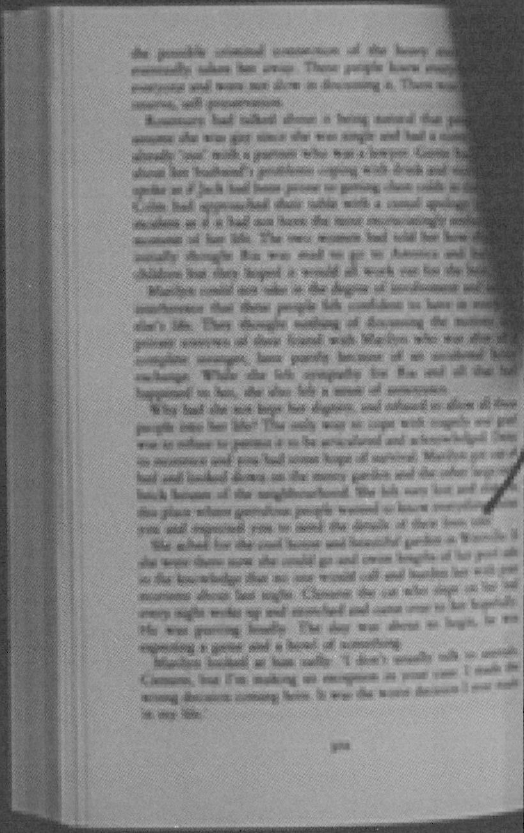

हम दिल से हैं तुम्हारे ये कह भी नहीं सकते
और तुमसे जुदा होकर रह भी नहीं सकते

तेरे बात न करने से ज़िन्दगी, वक़्त, मौसम सब उदास
देख कितने इल्ज़ाम हैं तुझ पर

समझ नहीं पा रहा हूँ ज़िंदगी ख़ूबसूरत दोस्त देती है
या दोस्त ख़ूबसूरत ज़िंदगी

सब कहते थे और मानता न था मैं कि
ज़िन्दगी खुबसूरत है तुझे देखा तो ये भी यकीन हो गया

तू याद है ये याद रख, तू याद रख न रख

फ़रिश्ते रोज़ कहते है कोई नया शेर सुनाओ
इस कब्र मे भी सुकून नहीं मिलेगा क्या ?

सयाने लोग बहुत दिमाग चलाते हैं
पहले दिल लगाते हैं फिर दिल दुखाते हैं

अल्प विराम, अर्द्ध विराम लगाते लगाते
उस विराम की ओर चल पड़े हैं जो पूर्ण होकर भी
नहीं हैं सम्पूर्ण

थोड़े से तुम
फिर तुम
और तुम
बस तुम
और तुम्हारे सिवा, तुम से अलग कुछ भी नहीं
इस तुमभर जिंदगी में

लो तुम खुद ग़ज़ल हो और हमसे
शायरी करने को बोल रहे हो

उस तस्वीर में कोई चेहरा न था फिर भी
वो मुझे बुलाती रहती थी

क्या उस तसवीर से तुम्हें मेरी याद आती है
क्या वो तुम्हें कोई रास्ता दिखाती है

ये जो बार बार लिख कर मिटा देते हो तुम
वो बहुत निशान छोड़ जाते हैं दिल पर

न कोई प्यार, न इंतज़ार, न आँसू, न
दिल बेक़रार
सोच रहा हूँ सारे अरमानों को ज़हर दे
दूँ दावत पर बुला कर

मुझे तो आज तक यही कशमकश रही कि
तुझे हसींन कहूँ या तेरे दिल को

तू शायरी में शब्द ढूँढता रहा
और हम अपनी ज़िंदगी

आज बचपन का टूटा हुआ खिलौना मिला
उसने मुझे तब भी रुलाया और आज भी

अब की बार तुम समझ न
पाओगे मुझको
अपने टुकड़े अलग अलग तरह
से जोड़ूँगा

किसी ने पूछा ज़िन्दगी में इतने मसरूफ़ क्यों हो गए हो
मैंने कहा ताकि मरने की फुरसत न मिले

बदल जाते हैं
वो लोग भी वक़्त की तरह
जिन्हें हद से ज्यादा वक़्त दिया जाये

सब कुछ तो खरीद रहा है इंसान पैसों से इस दुनिया में,
नहीं खरीद पा रहा है तो बस पल भर का खुद के लिए
चैन

*खास है वो लोग इस दुनिया में जो वक़्त आने पर
वक़्त दिया करते हैं*

धोखा खाने वाले को वक़्त के साथ सब्र आ जाता है
धोखा देने वाले को सूकून नहीं

हो सके तो खुशी बाँटिये
हो सके तो मुस्कुराहट बाँटिये
बहुत देख लिए गम सब ने अब
हो सके तो सुख बाँटिये...
इंसान बहुत है इस दुनिया में
हो सके तो इन्सानियत बाँटिये
काम तो करते दिन रात हम सब
फिर भी थोड़ी दुआ बाँटिये
ख़त्म हो चले रिवाज़ अब सभी
फिर भी
रोटी का एक निवाला बाँटिये
नफरत झगड़े छोड़ छाड़ कर अब थोड़ा विश्वास बाँटिये
ज़िन्दगी यूँ ही न बीत जाए दुख दर्द में
अब तो थोड़ी राहत बाँटिये
हंसी बाँटिये खुशी बाँटिये हो सके तो
मुस्कुराहट बाँटिये